Ouvrage initialement publié par Kosmos,
sous le titre *Minu und der verschwundene Papagei*
© 2012, Franckh-Kosmos Verlags-GmbH & Co. KG, Stuttgart

© 2016, Bayard Éditions pour la traduction française
18 rue Barbès, 92128 Montrouge
ISBN : 978-2-7470-5864-3
Dépôt légal : janvier 2016
Première édition

Imprimé en Espagne par Novoprint

Le perroquet a disparu !

Ina Brandt

Illustré par Elke Broska
Traduit de l'allemand par Yann Geurmonprez

bayard jeunesse

1
Une journée au poney-club

Devant le miroir, Lili bâille à s'en décrocher la mâchoire. Il est l'heure d'aller se coucher. Elle finit de démêler ses longs cheveux bouclés, puis sort de la salle de bain, sans oublier d'éteindre la lumière.

En passant devant la chambre de sa sœur, Lili la voit, assise sur le bord de son lit, penchée sur un carnet. Fanny mordille distraitement le stylo qu'elle tient à la main. Lili lui souhaite une bonne nuit, mais n'obtient qu'un marmonnement pour toute réponse.

Alors elle soupire :

– Encore ce stupide journal !

Depuis plusieurs semaines, Fanny tient un journal intime, qu'elle prend la précaution de toujours ranger dans un tiroir fermé à clé. On dirait qu'elle cache des secrets d'État… Elle qui occupe ses journées, avec ses nouvelles copines Emma et Léonie, à feuilleter des magazines pour filles. Quel ennui !

« Je me demande ce qu'elle a de si intéressant à raconter ! », pense Lili, en se blottissant sous ses draps.

Si seulement sa sœur, c'était Maya... Maya est sa meilleure amie, elle partage sa passion des chevaux. Toutes deux passent beaucoup de temps au poney-club, et Maya a la chance de posséder son propre poney. Son oncle lui a offert Bijou, quand il a déménagé à Paris, avec toute sa famille. Lili ne peut s'empêcher d'être un peu jalouse.

– Ah, si Moustique était à moi..., songe-t-elle.

Elle se souvient de sa première rencontre avec ce petit shetland à la robe noire et blanche. Un vrai coup de foudre.

Elle s'imagine en train de galoper avec lui à travers champs. Le vent ferait flotter sa douce crinière...

Comme elle aimerait pouvoir être sûre que personne ne les séparera jamais.

Lili s'endort enfin, en souriant.

Le lendemain matin, en ouvrant les yeux, elle est éblouie par les rayons du soleil qui pénètrent par la fenêtre. Elle cherche son réveil à tâtons et tourne le cadran vers elle.

Zut! Il est plus tard qu'elle ne croyait ; elle se précipite hors de son lit.

– Pourquoi est-ce que je n'ai pas entendu la sonnerie?

Soudain, elle se souvient: ouf, on est samedi! L'école, c'est super, mais le poney-club, c'est mille fois mieux. On ne s'y ennuie jamais, il y a toujours quelque chose à faire.

Lili et Maya adorent aider Tina, la monitrice d'équitation. D'ailleurs, ce matin, de la paille fraîche va lui être livrée. Pas question de manquer cette occasion de se rendre utile! Lili se dépêche.

À son arrivée au poney-club une heure

plus tard, un camion est garé au milieu de la cour. Maya est déjà là, ainsi que d'autres élèves.

– Ah, tu tombes bien, lance celle-ci. Plus on sera nombreux, plus vite on aura terminé !

Armé d'une fourche, le conducteur du camion décharge la paille, qu'il dépose dans une brouette. Les enfants se relaient pour la pousser jusque dans la grange. Tina réceptionne les ballots et les empile.

– Qui veut des biscuits et de la limonade ? propose la monitrice, lorsque le travail est fini.

– Moi !

– Moi !

– Oui, moi aussi !

Les mains se lèvent. Tina demande à tout le monde de s'asseoir en cercle et distribue cet encas bien mérité.

– Sans vous, je n'y serais jamais arrivée, déclare-t-elle.

– Ça nous a fait plaisir, répond une fillette.

Lili sourit, elle est d'accord.

Mais Moustique doit s'impatienter. Elle décide de lui apporter de la paille.

Quand elle entre dans son box, elle lui en tend une poignée :

– Elle est fraîche ! Ça sent bon, hein ?

Le poney l'attrape avec les dents, il redresse l'encolure et souffle. Des brindilles s'envolent et atterrissent dans les cheveux de Lili.

– Hé, dis donc ! Tu n'es qu'un poney mal élevé !

Moustique prend un air innocent. La fillette éclate de rire. Elle le trouve très drôle : qui pourrait résister à ce regard étincelant de malice ?

Lili retourne auprès de Maya, pour aider Tina à nettoyer les box et l'allée de l'écurie. Un peu après midi, elles posent enfin leurs balais.

– Impeccable ! constate la monitrice. Vous avez été très efficaces. Ça vaut bien une leçon d'équitation gratuite la semaine prochaine. Je vous préparerai une surprise…

Les petites filles rayonnent de joie.

– Les pommes de l'enclos commencent à tomber, remarque soudain Tina. Si les chevaux les mangent, ils vont se rendre malades.

– On peut t'aider à les ramasser ? demande Lili.

La monitrice hésite.

– Je... ne sais pas. Vous avez déjà passé beaucoup de temps ici aujourd'hui, vos parents ne seront peut-être pas d'accord pour que vous reveniez.

– Ma maman travaille, de toute façon, rétorque Lili. Et mon papa préfère que je sois ici, plutôt que devant la télé !

– Mes parents aussi, renchérit Maya.

– Si vous avez la permission, alors d'accord ! reprend Tina. Vous me rendrez un grand service.

Après avoir salué la monitrice, les fillettes remontent à vélo et prennent la direction de leurs maisons. En poussant la porte de chez elle, Lili se retrouve enveloppée par un nuage de parfum.

– Beurk, ça pue ! s'écrie-t-elle.

– S'il y en a une qui pue ici, ce n'est pas moi ! rétorque une voix agacée.

Fanny descend l'escalier. Elle porte un legging et un fard à paupières noir, le reste de sa tenue est assorti à son gloss : ses ballerines décorées de pierres scintillantes et son chemisier sont mauves. Elle a encore dû passer une éternité à se pomponner.

– Tu as vu ta tête ? persifle Fanny, en dévisageant Lili. Tu as du crottin sur tes chaussures et de la paille plein les cheveux ! Au moins, Emma, elle n'a pas de petite sœur fan de cheval ! Bye bye !

Elle attrape sa veste et sort en claquant la porte, sous le regard stupéfait de Lili.

2
Le secret de Fanny

– Qu'est-ce qui lui prend ? se demande Lili, en retirant ses chaussures.

Elle monte à l'étage en bougonnant : c'est vrai qu'elle a de la paille dans les cheveux et que son tee-shirt est un peu sale, mais tout de même… Fanny exagère !

En passant devant la chambre de sa sœur, elle jette un coup d'œil à l'intérieur. Quoi ? Sur le bureau, n'est-ce pas le fameux journal intime ? La fillette ne résiste pas à la curiosité. Elle s'approche et pose la main sur la couverture en tissu. Le rythme de son cœur accélère.

Fouiller dans les secrets de quelqu'un, ça ne se fait pas, même s'il s'agit de sa grande sœur ! Lili sait que si Fanny la surprenait maintenant, elle ne lui adresserait plus jamais la parole. Pourtant, la tentation est trop forte. Elle ouvre le mystérieux carnet à la page du jour, et lit :

J'y crois pas ! Tom est un idiot ! Qu'est-ce qu'il lui trouve, à Rebecca ? Toujours à se recoiffer, celle-là. Et son rire ? On dirait qu'elle grince. Tania m'a raconté qu'elle les a vus ensemble. Il avait le bras autour de sa taille. On dirait qu'il a déjà oublié le moment qu'on a passé ensemble, la semaine dernière.

– Eh ben, murmure Lili, elle est en colère ! Voilà pourquoi elle est si désagréable avec moi. Qui c'est, ce Tom ?

Le journal lui donnera sans doute la réponse. Elle le feuillette et reprend la lecture.

Aujourd'hui, chez le glacier, j'ai rencontré Tom, un mec du collège. Il est plutôt cool. Et surtout super mignon, avec ses cheveux bruns ébouriffés. Il a comme des paillettes dorées dans les yeux. On a parlé très longtemps et je n'ai pas arrêté de le dévorer du regard ! J'espère qu'il n'a rien remarqué. Incroyable, ce qu'on a comme points communs. Je ne savais pas qu'on pouvait partager tant de choses, sans se connaître. Quand je lui ai dit que j'habitais à la campagne, il m'a demandé si je venais souvent en ville. Il veut me revoir ! Il est craquant. Mercredi, je vais demander à maman de me conduire en ville. Il faut que j'appelle Emma et Léonie pour qu'elles m'accompagnent. J'espère que Tom viendra aussi !

À la date du mercredi, Fanny a écrit :

Aujourd'hui, je suis allée chez le glacier avec Emma et Léonie. Tom était là, avec ses copains. On s'est assises à côté d'eux, et il m'a à peine regardée. Pas un sourire, pas un mot. À chaque fois que j'essayais d'attirer son attention, il détournait les yeux. Et puis ils

sont partis ! Emma a essayé de me consoler.
J'étais trop déçue !

— Comment on peut se faire autant de souci pour un garçon ? s'interroge Lili en secouant la tête. Peuh, n'importe quoi ! En tout cas, je préfère que Fanny passe sa colère sur Tom.

Le lendemain matin, au petit-déjeuner, l'humeur de Fanny ne s'est pas du tout arrangée.

Madame Gautier a préparé des œufs brouillés au lard et acheté du pain frais.

— Un bon repas avant d'aller travailler, c'est important, déclare-t-elle.

— Ça a l'air délicieux, se réjouit son mari, en se servant un grand verre de jus d'orange.

— Est-ce que je peux aller aider Tina à récolter ses pommes, cet après-midi ? demande Lili.

– Encore ! Les pommes, maintenant ? s'étonne sa mère. Vous allez bientôt dormir là-bas, si ça continue.

– C'est parce qu'on s'occupe des poneys ! précise la fillette, en riant.

Monsieur Gautier lui passe la main dans les cheveux :

– C'est très bien de vouloir rendre service. D'ailleurs, je dois travailler sur un

projet. Mais ce soir, je vous ferai un bon dîner !

– Youpi ! s'écrie Lili.

La mélancolie de Fanny ne gâchera pas la joie de sa petite sœur : qu'y a-t-il de plus beau que de s'occuper de chevaux ?

3
Le perroquet a disparu !

Quand Lili arrive au poney-club, Tina et Maya sont déjà au travail. Une échelle est appuyée contre le tronc du pommier. Les poneys observent la scène de loin, sauf Moustique, qui inspecte le contenu des paniers posés dans l'herbe.

– Celles-ci sont pourries, lui crie la monitrice. Tu vas être malade, je te préviens !

Lili passe sous la barrière de l'enclos et lance :

– Coucou!

– Bonjour, ma belle, répond Tina, en montant à l'échelle. Il ne manquait plus que toi. Je m'occupe des branches du haut, et vous, de celles du bas?

Lili grimpe sur une caisse pour atteindre une pomme sur une branche un peu élevée. Elle se hisse sur la pointe des pieds quand Moustique vient se frotter contre elle. Elle perd l'équilibre, tandis que le fruit se décroche et atterrit pile sur la tête du poney, qui s'ébroue, étonné.

– Eh, s'exclame Lili, tu vois ce qui arrive quand on ne pense qu'à faire le pitre!

Le poney, lui, dévore cette friandise tombée du ciel.

– Quel appétit! plaisante Lili.

Puis elle montre son tee-shirt et ajoute:

– C'est malin, je me suis salie! Fanny va encore se moquer de moi.

Pourtant, quand Lili rentre chez elle, en fin d'après-midi, à sa grande surprise, sa grande sœur est souriante. En apercevant la corbeille de pommes que Lili pose sur la table de la cuisine, elle commente :

– Elles sont magnifiques.

– Oui, et délicieuses ! Tu veux en goûter une ?

Fanny ne se fait pas prier. Elle prend un fruit et croque dedans.

– Mmm, f'est vrai ! confirme-t-elle, la bouche pleine.

Monsieur Gautier, occupé à ranger de la vaisselle propre, propose :

– Et si on faisait de la compote ? Vous coupez les pommes en morceaux ? Avec une gousse de vanille, ça sera succulent. Bon, maintenant qu'on a le dessert, je vais voir ce qu'on peut cuisiner, ce soir.

Il ouvre le réfrigérateur.

– Voyons… J'ai tout ce qu'il faut pour préparer des lasagnes aux légumes.

– Miam ! s'écrient les sœurs en chœur.

Tout le monde s'attable, épluche et coupe les pommes, puis les courgettes, les aubergines, les oignons et les tomates. Monsieur Gautier parle de son dernier projet. Il est architecte et travaille sur le chantier d'une nouvelle piscine.

– Ça va être grandiose, explique-t-il. Il y aura un toboggan géant et un terrain de beach-volley. Il ne manque que l'accord de la mairie, mais ils sont difficiles à convaincre… Bon, allez, je m'occupe de la béchamel. Vous commencez à disposer une couche de légumes dans le plat ?

Fanny, Lili et leur papa sont si efficaces que lorsque madame Gautier revient de sa journée de travail, il ne lui reste plus qu'à s'asseoir et à savourer ce délicieux repas.

– Quel régal ! se réjouit-elle. J'en avais bien besoin, je suis épuisée. Deux femmes de ménage sont malades, j'ai cru qu'on n'y arriverait jamais.

Elle est gouvernante dans un hôtel et veille à la propreté des chambres, ce qui n'arrange rien à sa manie de l'ordre. C'est en tout cas ce que pense Lili, la reine du fouillis !

Une fois le repas terminé, la fillette se lave les dents et court se glisser sous les draps. Elle est fatiguée, ses bras lui font mal et son ventre gargouille. Elle n'aurait peut-être pas dû manger toutes ces pommes.

Le lendemain, à l'heure d'entrer en classe, madame Pivert n'est toujours pas là. Ce n'est pas normal : d'habitude, elle est très ponctuelle.

Le directeur se charge de faire asseoir les élèves à leurs places et leur donne un exercice, en attendant l'institutrice.

Au bout de quelques minutes, elle arrive enfin. Ses cheveux sont en pagaille et ses lunettes vertes de travers.

– Désolée pour le retard, dit-elle, hors d'haleine, mon perroquet s'est échappé.

Elle redresse ses lunettes, reprend son souffle et continue :

– Comme chaque matin, je l'ai laissé se dégourdir les ailes hors de sa cage. Malheureusement, la fenêtre de la chambre était ouverte. Je m'en suis aperçue trop tard. Tico avait déjà disparu ! Je l'ai cherché partout. J'espérais qu'il se cachait dans un coin de la maison, il adore ça... Mais non, il était parti. C'est affreux !

La voix de l'institutrice tremble. Les enfants ne savent pas comment la consoler. Soudain, Lili propose :

– On va vous aider à le retrouver !

Un sourire se dessine sur les lèvres de la maîtresse.

– C'est gentil, mais je ne peux pas vous traîner avec moi à travers toute la ville. J'espère juste qu'il sera de retour quand je rentrerai chez moi. Tico est un oiseau très intelligent, nous passons beaucoup de temps ensemble. Vous savez, les perroquets détestent s'ennuyer. Et puis il est très beau ! Regardez !

Elle tire de sa poche la photo d'un magnifique ara rouge aux ailes bleues et jaunes, qu'elle montre aux enfants. Elle la pose ensuite sur son bureau et se dirige vers le tableau :

– Bon, soupire-t-elle, il ne faut pas oublier que l'on a du travail !

Tout au long de la journée, Lili a du mal à se concentrer. Comment peut-elle aider sa maîtresse ?

4
Une promenade à poney

Après l'école, Lili et Maya pédalent à toute vitesse vers le poney-club. Elles commencent par raconter l'histoire du perroquet disparu à Moustique, qui dresse les oreilles, intéressé.

Ensuite, elles réfléchissent au moyen d'aider leur institutrice.

– Il faut enquêter, suggère Lili. Mais par où commencer ?

Moustique se montre de plus en plus agité.

– Tiens-toi un peu tranquille, s'impatiente Lili. Qu'est-ce que tu as ?

Voyant que le poney ne se calme pas, elle comprend qu'il veut lui dire quelque chose. Elle le détache. Il court jusqu'à l'entrée du bureau de Tina et s'arrête devant une petite annonce épinglée sur un panneau. On y lit : « Perdu bombe noire avec un autocollant, qui représente une tête de cheval entourée d'un cœur. Si vous la retrouvez, merci de me contacter. » Un numéro de téléphone est inscrit en dessous.

– Maya, j'ai une idée, s'écrie Lili. Et si on fabriquait des affichettes ? On pourrait les distribuer partout.

– Ça peut marcher ! s'enthousiasme Maya. On va appeler la maîtresse : si elle nous envoie la photo de Tico, par mail, on pourra montrer aux gens à quoi il ressemble.

– Oui, génial !

Après leur leçon d'équitation, les fillettes rentrent chez Lili. Elles demandent à monsieur Gautier de chercher le numéro de l'institutrice, qu'il compose ensuite, avant de mettre le haut-parleur.

– Allô ?

– Euh, bonjour… ici Lili et Maya !

– Ah, c'est vous, soupire madame Pivert, déçue. Je croyais qu'on m'appelait pour me rendre mon Tico !

– Pas de nouvelles ?

– Non, malheureusement !

Les fillettes expliquent leur projet. La maîtresse leur envoie aussitôt la photo de l'oiseau par mail. Il ne reste plus qu'à rédiger le texte de l'annonce.

Avec l'aide de son père et de son amie, Lili écrit : « Perdu perroquet, un ara nommé Tico. Il s'est enfui de chez lui aujourd'hui. Pour plus de renseignements, etc. »

Quand l'affichette est prête, monsieur Gautier en imprime plusieurs exemplaires. Lili et Maya enfourchent leurs vélos pour les distribuer à l'épicerie, chez le boulanger, à la pharmacie...

— Ne tardez pas, lance le papa de Lili, on dîne dans une heure !

Mais quand Lili rentre chez elle, toute la famille est déjà à table.

Sa mère fronce les sourcils :

— Tu en as mis un temps ! On commençait à se faire du souci.

— Ça a été plus long que prévu. J'espère que ça va marcher.

Hélas, le lendemain matin, le perroquet n'a pas reparu. La pauvre madame Pivert est très anxieuse. Où a-t-il passé la nuit ? A-t-il mangé ? Les oiseaux apprivoisés ont souvent du mal à se procurer leur nourriture eux-mêmes.

Le jour suivant, sur la route du poneyclub, Lili et Maya s'inquiètent.

— Un si beau perroquet, quelqu'un l'a forcément remarqué, dit Lili. Je ne comprends pas qu'on ne l'ait pas encore retrouvé.

— Tico s'est peut-être réfugié dans la forêt, suggère Maya.

Mais il est temps de penser à autre chose : aujourd'hui, Tina a prévu une promenade à poney. Elle a demandé aux élèves plus âgés de tenir la bride des montures des plus jeunes.

Une sortie, ce n'est pas de tout repos. Les poneys sont peureux : un moteur de tracteur peut les effrayer et les faire partir au galop. Il faut donc être très prudent, un accident est vite arrivé !

Lili a déjà fait pas mal de promenades avec Moustique, pourtant Tina a décidé qu'ils seraient chaperonnés par Jenny.

La monitrice lui adresse ses recommandations :

– Tu verras, Moustique rime avec loustic ! Il est toujours prêt à jouer des tours.

– D'accord, d'accord, répond la grande blonde, en tapotant la tête du poney. On va bien s'entendre, hein, mon beau ?

Le groupe se met en mouvement. Moustique se comporte de façon exemplaire et rien ne lui fait perdre son calme,

pas même le rugissement de la tronçon-
neuse d'un bûcheron.

– Tu es courageux, le complimente Jenny.

Il hennit avec fierté et appuie sa tête contre
le ventre de sa guide. Lili sent son cœur se ser-
rer. C'est sans doute ça, la jalousie ?

Soudain, la voix de Maya retentit :

– Là, regarde !

Elle montre une maison en bordure de forêt.

– On a joué près d'ici, tu te souviens ? On disait qu'un méchant sorcier vivait là…

En approchant, elles aperçoivent un nom sur le portail : « Marcel Frisquet ». Dans le jardin, un vieil homme voûté taille des arbustes.

Les fillettes le saluent gentiment, mais il se contente de bougonner et leur tourne le dos.

Tout à coup, un piaillement strident s'échappe de la maison :

– Allô ? Allô ?

Étonnées, les deux amies échangent un coup d'œil. Cette voix ne semble pas humaine !

– On vous appelle ! crie Lili à l'homme.

Il esquisse un geste vague, hausse les

épaules et balbutie :

– C'est la fenêtre qui grince !

Puis il ramasse son panier rempli de branchettes, traverse la pelouse et disparaît chez lui.

Intriguées, Lili et Maya le suivent des yeux.

5
Drôle de découverte !

– Il n'est pas très poli, s'offusque Lili.

– Et on a entendu un drôle de cri ! ajoute Maya.

Jenny hausse les épaules :

– Qu'est-ce que ça peut vous faire ?

Elle fait claquer sa langue, mais Moustique ne se remet en marche qu'à contre-cœur. Bien sûr, Jenny n'est pas au courant de la disparition de Tico.

Quand le groupe de jeunes cavaliers revient au poney-club, Mimi, le chat de

Tina, vient se frotter contre les jambes de sa maîtresse, avec de longs miaulements plaintifs. Sa patte est ensanglantée. La monitrice se baisse et examine la blessure.

— Aïe, ce n'est pas très joli ! Les enfants, je vais devoir aller chez le vétérinaire. Pouvez-vous vous occuper des poneys ?

Les élèves mettent pied à terre et conduisent leurs animaux dans l'écurie. Ils les brossent, leur curent les pieds et remplissent les mangeoires de foin frais.

— Maya, Moustique s'échappe ! hurle Lili, en tentant de le rattraper.

Le petit shetland file en direction de la forêt. Malgré ses jambes courtes, il est incroyablement rapide. Les fillettes ont toutes les peines du monde à ne pas le perdre de vue. Moustique finit par s'arrêter devant la maison de monsieur Frisquet !

– Qu'est-ce que ça veut dire ? halète Lili. Tu es devenu fou ?

– Viens, chuchote Maya, apeurée, on s'en va. Ce vieux grincheux va se demander ce qu'on fait ici…

Lili inspecte les alentours.

– À mon avis, il est sorti. Sa voiture n'est plus devant le garage.

Moustique pousse alors le loquet du portail pour pénétrer dans le jardin.

– Non ! Tu n'as pas le droit, s'affole Maya. Sors de là !

Le poney n'écoute pas, il remonte l'allée, nez à terre, à la manière d'un chien policier. Soudain, il s'immobilise. À ses pieds, sur le gravier, Lili découvre une plume d'oiseau – rouge et jaune ! Elle se dépêche de la ramasser.

— Regarde ! s'écrie-t-elle.

— On dirait une plume de perroquet ! s'étonne Maya, les sourcils froncés.

— Exact.

— Tu crois qu'elle appartient à Tico ?

– Aucune idée, répond Lili, pensive. De toute façon, s'il est ici, on ne va pas forcer la serrure pour le récupérer !

– Oh non ! s'exclame Maya. Il vaut mieux rentrer et réfléchir.

– Tu as raison, approuve Lili, pourtant déçue.

Elle aurait préféré attendre monsieur Frisquet et lui demander, les yeux dans les yeux, s'il avait kidnappé le pauvre Tico. Mais après tout, il s'agit sûrement d'une coïncidence : le vieil homme possède peut-être un perroquet.

Les fillettes ne peuvent pas l'accuser sans preuve ! Lili referme donc le portail derrière elle, avec grand soin.

Sur le chemin du retour, Maya soupire :

– Pourvu que Tina ne soit pas encore revenue.

Heureusement, les amies peuvent regagner l'écurie sans se faire remarquer.

– J'espère que Mimi n'a rien de grave, dit Lili, en brossant Moustique.

– Oui, moi aussi ! ajoute Maya. On n'a qu'à passer demain, après l'école, pour prendre des nouvelles.

Les yeux fixés sur la plume colorée qu'elle tient toujours à la main, Lili reste muette.

6
L'enquête

Le lendemain, en classe, Lili a du mal à se concentrer. Ses pensées vagabondent sans cesse du côté de la maison du vieux Frisquet : elle veut absolument vérifier s'il a bien un perroquet, et s'il s'agit de Tico. Mais il ne laissera entrer personne chez lui, c'est sûr. Comment s'y prendre ?

En fin d'après-midi, quand Lili et Maya pénètrent dans la cour du poney-club, Mimi est allongée dans sa corbeille et se prélasse au soleil. Elle porte une sorte d'entonnoir autour du cou, et sa patte est bandée. Les fillettes s'accroupissent pour la caresser.

   — Ça va ? s'inquiète Lili, tout bas.

   Tina sort de son bureau et explique :

   — C'était un bout de verre. Heureusement, le vétérinaire a pu le retirer.

   Elle jette un coup d'œil à l'horloge.

   — Il faut que j'y aille, j'ai un cours à donner. On se voit tout à l'heure ?

Pendant que la monitrice se dirige vers le manège, Lili et Maya vont se percher sur la barrière de l'enclos.

Moustique et Bijou accourent. Elles leur donnent une carotte à chacun, qu'ils savourent à grands bruits de mâchoires.

– Alors, tu as une idée ? demande Maya.

– Si on veut connaître la vérité, on n'a pas le choix, déclare Lili, d'un ton décidé. On doit aller vérifier par nous-mêmes.

– Oui, mais ça m'étonnerait que monsieur Frisquet nous reçoive les bras ouverts !

– On va devoir attendre qu'il parte. On cherchera un moyen d'entrer chez lui…

Maya hausse les sourcils :

– Quoi ? Comme des voleuses ?

– Bah, pas vraiment. Si on trouve une porte ou une fenêtre ouverte, on se faufilera à l'intérieur, c'est tout !

– Et si on parlait de nos soupçons à nos parents ! Ou à la police, ce serait mieux, non ?

– Ah oui ? Et si on s'est trompées ? Une plume multicolore et un drôle de cri, c'est tout ce qu'on a ! Il nous faut plus d'indices.

Après un instant de silence, Maya rassemble son courage et dit :

– Ok, on y va.

– Ne perdons pas de temps ! s'écrie Lili en sautant de la barrière.

Moustique lève la tête, pousse un hennissement et court vers le portillon de l'enclos, très vite rejoint par Bijou.

Les deux poneys regardent les fillettes avec espoir. Pas de doute, ils veulent participer à l'aventure.

– On ne peut pas vous emmener, commence Maya.

Mais Lili l'interrompt, après avoir inspecté les alentours :

– Tina est occupée avec son groupe, elle ne remarquera rien. Et sinon, on dira qu'on voulait leur faire faire une promenade.

– Ça m'étonnerait que cette explication lui suffise !

Mais Lili ouvre déjà le portillon. Maya se résigne à l'aider à préparer les poneys, en prenant garde de ne pas faire de bruit, puis elles se mettent en route.

À proximité de la maison du vieux Frisquet, elles se cachent au milieu des feuillages.

– Sa voiture est devant le garage, il doit être chez lui ! chuchote Maya, quoique à cette distance personne ne puisse l'entendre.

Lili n'est pas prête à abandonner si rapidement.

– On va attendre un peu, on ne sait jamais !

Pendant un long moment, les fillettes restent immobiles, derrière les arbres ; même les poneys se tiennent tranquilles. Lili observe des moineaux, qui se poursuivent de branche en branche, quand, enfin, monsieur Frisquet apparaît. Les fillettes retiennent leur souffle. D'un pas lent, il se dirige vers sa voiture. Il se met au volant et démarre.

Dès qu'il a disparu, les amies, tenant leurs poneys par la bride, avancent vers le portail du jardin. Elles le poussent et vont droit à la porte d'entrée.

Lili tente d'actionner la poignée.

– Ah, zut ! C'est fermé à clé... Allons voir derrière !

De l'autre côté de la maison, un escalier conduit à une sorte de trappe. La cave, sans doute.

Verrouillée, elle aussi !

– Viens, on y va, supplie Maya, terrifiée à l'idée de se faire surprendre.

Un hennissement de Moustique retentit soudain. Les naseaux frémissants, il semble vouloir attirer l'attention sur une fenêtre du rez-de-chaussée.

– Regarde, Lili, s'écrie Maya, une fenêtre ouverte…

– D'accord, mais comment entrer ? C'est trop haut !

Moustique se colle contre le mur, comme pour faire la courte échelle à la fillette, qui se frappe le front en riant :

– Bien sûr ! Je n'ai qu'à monter sur ton dos.

Le poney hoche la tête. D'un bond, Lili se hisse jusqu'au rebord de fenêtre.

Elle l'escalade et atterrit dans la chambre à coucher du vieux Frisquet. Elle crie :

– Ça y est !

Une voix, venant de l'intérieur, la fait sursauter :

– Hé, hé, saaalut ! Salut !

Lili traverse la pièce et arrive dans un couloir. Elle s'oriente au son de la voix. En entrant dans le salon, elle perçoit d'abord un battement d'ailes.

Elle tourne le cou et découvre… une grande cage, et un magnifique perroquet qui ressemble trait pour trait à celui de la photo !

– C'est toi, Tico ? demande Lili.

– Ticooo ! Tico ! Je suiiis Tico ! répond l'oiseau en sautillant sur son perchoir.

Lili rayonne de joie.

– Enfin, on t'a retrouvé !

7
Les retrouvailles

Heureuse, Lili admire le bel oiseau, qui incline la tête et la fixe de ses petits yeux noirs.

– Je t'emmènerais bien avec moi, chuchote-t-elle, mais il vaut mieux que ta maîtresse discute d'abord avec ce monsieur Frisquet qui te retient prisonnier.

– Cooorrect! approuve le perroquet.

Lili sort de la pièce. Elle entend Tico qui répète:

– Cooorrect!

Une fois dans la chambre du vieil homme, elle se penche par la fenêtre et fait signe à ses amis.

– Qu'est-ce que tu faisais ? s'impatiente Maya. Tu as trouvé Tico ?

– Oui, il est là, annonce fièrement Lili.

Elle enjambe le rebord de fenêtre et se laisse glisser sur le dos de Moustique, puis saute à terre.

– On s'en va ! déclare Maya, pressée.

Elle quitte le jardin, suivie de Bijou, et court se cacher dans les feuillages. Là, elle laisse échapper un profond soupir :

– Pfiou, on a eu de la chance !

Elle se tourne vers Lili, qui l'a rejointe, et questionne :

– Bon, dis-moi ! C'est Tico, tu en es sûre et certaine ?

– Oui, aucun doute ! Il n'a pas arrêté de répéter son nom.

– Ah bon ? s'exclame Maya.

Après un court silence, elle s'inquiète :

– Et comment on fait, pour le récupérer ?

– Il faut tout raconter à madame Pivert. Comme ça, elle pourra venir interroger ce voleur de perroquet ! Si elle lui montre la photo, il sera obligé de dire la vérité.

– Je l'espère ! répond Maya, en haussant les épaules.

Les amies reprennent le chemin du poney-club. Par bonheur, personne n'est dans la cour, quand elles arrivent. Au moment de réintégrer son enclos, Moustique rechigne.

– Je sais, souffle Lili en lui tapotant les flancs, tu veux venir avec nous chez madame Pivert, mais ce n'est pas possible. Tu nous as déjà beaucoup aidées. Sans toi, on n'aurait pas pu retrouver Tico. Je suis fière de toi.

Les fillettes filent chez madame Pivert. Quand celle-ci apparaît, tout excitées, elles lui font le récit de leur aventure. L'institutrice les écoute avec une grande attention. Bien entendu, elles ne parlent pas de leur visite chez le vieux Frisquet. Elles savent qu'elles n'avaient pas le droit d'entrer chez lui sans son autorisation. Mais elles n'auraient pas pu découvrir la vérité, sinon !

– Et voilà… Tico est là-bas ! conclut enfin Lili.

– Comment savez-vous que c'est mon perroquet ? s'étonne madame Pivert.

– On le sait ! répliquent les deux amies, en échangeant un regard complice.

– Bon, si vous en êtes certaines… Moi, je veux en avoir le cœur net !

L'institutrice attrape son sac à main et s'écrie :

– Allons voir ce monsieur Frisquet !

Elle installe Lili et Maya à l'arrière de sa voiture et se dirige vers la forêt. Les fillettes sentent leur pouls s'accélérer. Que se passera-t-il si le coupable refuse d'admettre la vérité ? Faudra-t-il appeler la police ?

Quand monsieur Frisquet ouvre sa porte, madame Pivert lui explique la raison de sa visite. Il pose les yeux sur la photo qu'elle lui tend, puis les baisse vers le sol. À l'intérieur de la maison, un cri retentit :

– Bonjouuur, Tilde !

Le visage de l'institutrice s'illumine.

— Tiiiilde ! continue d'appeler Tico, qui a reconnu sa maîtresse.

Celle-ci se précipite à l'intérieur et pénètre enfin dans le salon, Lili et Maya sur ses talons. Elle ouvre la cage et en sort l'oiseau, qui vient aussitôt se poser sur son épaule.

Il frotte son bec sur sa joue et trompette :

— Ça vaaa ?

Mathilde Pivert sourit.

— Je vais bien, puisque je t'ai retrouvé !

Le vieux Frisquet se racle la gorge et bredouille :

— Je suis désolé. Je sais que ce n'était pas juste de garder Tico.

Il reprend sa respiration et continue :

— Dès que je l'ai vu dans mon jardin, il m'a plu. Avec ses drôles d'expressions, il me faisait rire. Je ne supporte pas d'être seul ici, depuis que ma femme est morte !

Personne ne vient plus me voir. Au moins, avec Tico, il y avait de la vie. Oh, j'avais remarqué les affichettes en ville, mais… me séparer de ce nouveau compagnon, c'était au-delà de mes forces.

La voix du vieil homme tremblote. Il détourne le regard, sans parvenir à dissimuler ses larmes. Même madame Pivert ne peut s'empêcher d'éprouver de la peine.

Lili et Maya comprennent maintenant, pourquoi il s'est montré si méfiant, la première fois qu'elles l'ont vu. Il avait peur qu'on lui reprenne son nouveau compagnon!

— Je sais ce que vous ressentez, dit soudain l'institutrice. Moi aussi, je vis seule… et je ne sais ce que je ferais sans Tico. Oh, il m'a manqué!

Elle se tait un instant, caresse le perroquet et chuchote:

— On rentre?

— Ooon rentre! répète Tico.

– Je suis désolée, mon cher monsieur, reprend madame Pivert, en tendant la main au vieil homme. Merci d'avoir pris soin de Tico !

Marcel Frisquet hoche la tête tristement. Les adieux sont difficiles, il n'ose rien dire de plus. Lili voudrait le réconforter, mais tant de choses se bousculent dans sa tête.

Les fillettes montent en voiture, sur la banquette arrière, avec Tico. Madame Pivert démarre, et le vieux Frisquet les regarde s'éloigner. Seul !

8
Zima et Marcel

Lili et Maya accompagnent leur institutrice chez elle et sourient de l'entendre chantonner, en jouant avec son compagnon à plumes. Il est enfin de retour ! Quel bonheur !

Mais il est temps de rentrer, leurs parents risquent de s'inquiéter.

En guise d'au revoir, Mathilde Pivert serre ses deux élèves dans ses bras.

– Merci pour votre aide ! Sans vous, je n'aurais jamais revu mon Tico.

– C'est aussi grâce à Moustique, murmure Lili.

Une fois dans la rue, elle repense au vieux Frisquet. Sur leurs vélos, les fillettes foncent à toute allure. Elles arrivent enfin devant la maison de Maya.

– Pauvre monsieur Frisquet, soupire Lili.

Au même instant, une voiture rouge se gare sur le bord du trottoir et la mère de Maya en descend. Elle s'inquiète :

– Qu'est-ce que c'est que cette mine tristounette ? Il est arrivé quelque chose ?

Maya lui raconte alors l'histoire du vieux Frisquet et du perroquet.

– On aimerait l'aider, déclare Lili.

La mère de Maya réfléchit, puis claque des doigts :

– J'ai une idée !

Lili et Maya échangent un regard plein d'espoir.

– Il y a trois jours, au refuge, on nous a confié une superbe femelle ara… Elle s'appelle Zima! Elle appartenait à un cirque, et je crois qu'elle y a été maltraitée. Du coup, elle a parfois de drôles de manières. S'occuper d'elle va nécessiter une bonne dose de patience, mais elle est adorable. Je suis sûre qu'elle plaira à votre monsieur Frisquet.

– Oh oui! s'écrient les amies en chœur. Il va l'aimer, c'est certain!

– Parfait! Dès demain, nous irons chercher Zima au refuge et nous la lui amènerons. S'ils s'entendent, tous les deux, il pourra l'adopter définitivement.

Le lendemain, les fillettes accompagnent la mère de Maya au refuge.

Zima est plus petite que Tico, mais tout aussi colorée.

– Bonjour, chantonne Lili.

– Têêête de mule! répond l'oiseau.

Tout le monde éclate de rire.

– Vous voyez ce que je voulais dire, dit la mère de Maya. Son langage laisse un peu à désirer, n'est-ce pas ?

Avec l'aide d'un soigneur, on met le perroquet en cage. Il ne reste plus qu'à prendre la direction de la maison du vieux Frisquet.

Lorsque ce dernier ouvre la porte, ses yeux expriment la plus grande stupéfaction.

– Bonjour monsieur, je suis la maman de Maya. Je travaille dans un refuge animalier. Ma fille et son amie m'ont raconté votre mésaventure avec Tico. Nous vous amenons une pensionnaire qui avait besoin d'affection…

Elle montre Zima au vieil homme, dont le visage s'illumine aussitôt.

– Bonjour, mon beau. Comment t'appelles-tu ? interroge-t-il d'une voix douce, en passant un doigt entre les barreaux de la cage.

– Têêête de mule ! rétorque l'oiseau.

– En voilà, des manières ! s'exclame Marcel Frisquet, en riant.

– C'est une femelle, dit Lili. Son nom est Zima.

– Bienvenue Zima ! Entrez donc !

Une fois tout le monde installé au salon, la mère de Maya détaille ce qu'il faut savoir pour s'occuper d'un perroquet.

– Vous êtes prêt à tenter l'expérience ? demande-t-elle. Zima aura besoin d'énormément d'attention…

– Oui, précise Lili, les perroquets n'aiment pas s'ennuyer.

Le vieux Frisquet ne réfléchit pas plus de trois secondes :

– Volontiers ! Je suis à la retraite, j'ai tout mon temps. D'ailleurs, moi non plus, je n'aime pas m'ennuyer !

Lili et Maya rayonnent de joie. Elles en étaient sûres !

– Est-ce qu'on pourra venir vous voir, avec nos poneys ? interroge Lili.

Elle sait que Moustique sera très content de faire la connaissance de Zima.

– Certainement, répond le vieil homme. Vous connaissez le proverbe : plus on est de fous, plus on rit !

Quand Lili et Maya arrivent au poney-club, Moustique les accueille avec une cabriole joyeuse.

– J'ai des tas de choses à te raconter ! lui annonce Lili. Et si on allait se promener ? Je dois te présenter quelqu'un…

Le poney, qui adore les nouvelles rencontres, file jusqu'au portillon. Sur la route, Lili a de la peine à le retenir. Tous deux parviennent bientôt chez M. Frisquet.

Lili adresse un signe amical au vieil homme qui travaille dans son jardin, mais... oh non ! Zima vient de s'échapper et s'envole en piaillant.

– Aïe, aïe, aïe, j'ai mal fermé la porte ! s'affole son nouveau maître.

Après deux ou trois cercles dans les airs, Zima se pose sur la plus haute branche d'un cerisier. Pas moyen de l'atteindre ! C'est compter sans la vivacité de Moustique. Le poney vient se planter au pied de l'arbre et hennit doucement.

Intriguée, Zima penche la tête ; elle écoute le poney, qui fait demi-tour, une dizaine de pas en direction de la maison, puis s'arrête. Il regarde en arrière et hennit encore. Le perroquet s'envole. Lili retient

son souffle… Si l'oiseau s'enfuit, il va fal-
loir mener une nouvelle enquête, tout sera
à recommencer ! Mais non, Zima se pose
sur le dos de Moustique et s'écrie :

– Têêête de linooootte !

Tout le monde éclate de rire. En quelques coups d'ailes, Zima va se percher sur l'épaule de Marcel Frisquet. Le vieil homme flatte l'encolure de Moustique.

– Un poney dresseur d'oiseaux, ça n'est pas courant ! plaisante-t-il. Merci beaucoup !

Lili enlace son poney et le serre contre elle. Elle se sent très fière.

– Tu es le meilleur ! murmure-t-elle.

Retrouve Maya et Lili
dans